Der Spiegel meiner Tante Margaret

Walter Scott

Writat

Diese Ausgabe erschien im Jahr 2024

ISBN: 9789359947853

Herausgegeben von
Writat
E-Mail: info@writat.com

Inhalt

EINFÜHRUNG.

Die Art der Publikation, die allgemein unter dem Titel ANNUAL bekannt geworden ist, eine Sammlung von Prosa und Versen, die mit zahlreichen Kupferstichen versehen ist und jedes Jahr um Weihnachten herum erscheint, war in Deutschland lange Zeit florierend, bevor sie in diesem Land von einem unternehmungslustigen Buchhändler, einem gebürtigen Deutschen, Herrn Ackermann, nachgeahmt wurde. Der rasche Erfolg seines Werkes brachte, wie es damals üblich war, eine Menge Rivalen hervor, und unter anderem ein Annual mit dem Titel The Keepsake, dessen erster Band 1828 erschien und viel Aufmerksamkeit erregte, hauptsächlich aufgrund der sehr ungewöhnlichen Pracht seiner illustrativen Beilagen. Die Ausgaben, die die temperamentvollen Eigentümer für diesen großartigen Band verschwendeten, sollen sich auf nicht weniger als zehn- bis zwölftausend Pfund Sterling belaufen haben!

Mehrere Herren von solch literarischem Ruf, dass man es für eine Ehre halten könnte , mit ihnen in Verbindung zu stehen, waren als Mitwirkende an diesem Jahrbuch bekannt gegeben worden, bevor bei mir der Antrag gestellt wurde, dabei mitzuhelfen; und dementsprechend stellte ich dem Herausgeber mit großer Freude einige Fragmente zur Verfügung, die ursprünglich für die Einarbeitung in die Chronicles of the Canongate gedacht waren, neben einem Manuskriptdrama, der lange vernachlässigten Aufführung meiner Jugendzeit – „ The House of Aspen".

Das Andenken von 1828 enthielt jedoch nur drei dieser kleinen Prosageschichten, von denen die erste den Titel „Der Spiegel meiner Tante Margaret" trug. Als EINFÜHRUNG dazu muss ich nur sagen, dass es sich um eine bloße Abschrift einer Geschichte handelt, von der ich mich erinnerte, dass sie mich in meiner Kindheit beeindruckt hat, da sie nun in eine allgemeine Sammlung meiner Luzubrationen aufgenommen wurde , wenn es am Kaminfeuer von einer Dame mit herausragenden Tugenden und nicht unerheblichem Talent erzählt wird, einer der Alten und Ehrenhaften Haus von Swinton. Sie war eine Art Verwandte von mir und erlebte ihren Tod auf eine so schockierende Weise – sie wurde in einem Anfall von Wahnsinn von einer Wärterin getötet, die schon ein halbes Leben lang an ihrer Person hing –, dass ich mich jetzt nicht mehr daran erinnern kann Ihre Erinnerung, so kind ich auch war, als sich die Katastrophe ereignete, ohne dass die vielleicht ersten Bilder des Grauens, die die Szenen des wirklichen Lebens in meinem Kopf eingeprägt hatten, schmerzlich wieder erwachten.

Diese gute Jungfer hatte in ihren Kompositionen eine starke abergläubische Ader und genoss es neben anderen Fantasien, allein in ihrem Zimmer an einer Kerze zu lesen, die in einem Kerzenständer befestigt war, den sie aus einem menschlichen Schädel geformt hatte. Eines Nachts erlangte dieses seltsame Möbelstück plötzlich die Fähigkeit, sich fortzubewegen, und nachdem es einige seltsame Kreise auf seinem Kaminsims vollführt hatte, sprang es förmlich auf den Boden und rollte weiter durch die Wohnung. Mrs. Swinton ging ruhig in das Nebenzimmer, um noch einmal Licht zu holen, und hatte die Genugtuung, das Geheimnis auf der Stelle zu ergründen. In dem alten Gebäude, in dem sie lebte, gab es viele Ratten, und eine von ihnen hatte es geschafft, sich in ihrem Lieblings- MEMENTO MORI niederzulassen . Obwohl sie auf diese Weise mit einem mehr als weiblichen Anteil an Nerven ausgestattet war, hegte sie weitgehend den Glauben an Übernatürliches , der zu jener Zeit nicht als unwürdig auf dem Grab und im Alter ihres Zustands stehend angesehen wurde; und die Geschichte des Zauberspiegels war eine, für die sie mit besonderem Vertrauen bürgte, wobei sie tatsächlich behauptete, dass einer ihrer eigenen Familienangehörigen Augenzeuge der darin aufgezeichneten Vorfälle gewesen sei.

„Ich erzähle die Geschichte so, wie sie mir erzählt wurde. "

Es werden noch unzählige Geschichten von nahezu der gleichen Besetzung in die Erinnerung derjenigen meiner Leser gelangen, die sich jemals mit einer Art von Überlieferung beschäftigt haben, der ich in einem bestimmten Abschnitt meines Lebens sicherlich mehr Stunden gewidmet habe, als ich durch ein Geständnis verdienen würde .

AUGUST 1831.

Tante Margarets Spiegel.

"Es gibt Zeiten

Wenn Fancy trotz allem ihr Wagnis spielt

Sogar unserer wachsamen Sinne – wenn wir in Ruhe sind

Substanz scheint Schatten, Schattensubstanz scheint –

Wenn die breite, fühlbare und markierte Trennwand

„Zwischen dem, was ist und nicht ist, scheint es aufgelöst zu sein,

Als ob das mentale Auge die Kraft zum Schauen gewinnen würde

Jenseits der Grenzen der bestehenden Welt.

Solche Stunden schattenhafter Träume liebe ich umso mehr

Als alle groben Realitäten des Lebens."ANONYM.

Meine Tante Margaret gehörte zu der angesehenen Schwesternschaft, der alle Sorgen und Sorgen auferlegt werden, die mit dem Besitz von Kindern einhergehen, mit Ausnahme derjenigen, die mit deren Eintritt in die Welt einhergehen. Wir waren eine große Familie mit sehr unterschiedlichen Gesinnungen und Konstitutionen. Einige waren langweilig und verärgert – sie wurden zu Tante Margaret geschickt, um sich zu amüsieren; einige waren unhöflich, tobend und ausgelassen – sie wurden zu Tante Margaret geschickt, um sie zum Schweigen zu bringen, oder besser gesagt, damit ihr Lärm außer Hörweite gebracht werden konnte; Wer unpässlich war, wurde mit der Aussicht auf Pflege geschickt; diejenigen, die hartnäckig waren, in der Hoffnung, dass sie durch die Freundlichkeit von Tante Margarets Disziplin unterworfen würden; – kurz gesagt, sie hatte alle verschiedenen Pflichten einer Mutter, ohne den Kredit und die Würde des mütterlichen Charakters. Die geschäftige Szene ihrer verschiedenen Sorgen ist nun vorbei. Von den Kranken und Robusten, den Freundlichen und Rauen, den verdrießlichen und vergnügten Kindern, die sich von morgens bis abends in ihrem kleinen Salon drängten , ist heute niemand mehr am Leben außer mir selbst, der, von frühem Gebrechen geplagt, einer der empfindlichsten war von ihren Säuglingen, und dennoch haben sie alle überlebt.

Es ist immer noch meine Gewohnheit, und das werde ich auch bleiben, solange ich meine Glieder gebrauchen kann, meine geschätzte Verwandte mindestens dreimal wöchentlich zu besuchen. Ihr Wohnsitz liegt etwa eine halbe Meile von den Vororten der Stadt entfernt, in der ich wohne, und ist nicht nur über die Landstraße erreichbar, von der er in einiger Entfernung verläuft, sondern auch über einen Fußweg durch Grünland, der durch einige hübsche Wiesen führt. Ich habe so wenig, was mich im Leben quälen könnte, dass es mich am meisten ärgert, zu wissen, dass mehrere dieser abgelegenen Felder als Baugrundstücke geräumt wurden. Auf dem der Stadt am nächsten gelegenen Feld sind seit mehreren Wochen so viele Schubkarren im Einsatz, dass, wie ich fest glaube, die gesamte Oberfläche des Feldes, mindestens 45 cm tief, gleichzeitig mit diesen Einscheibenmaschinen beladen und von einem Ort zum anderen transportiert wurde. In verschiedenen Teilen des geräumten Anwesens sind auch riesige dreieckige Bretterstapel aufgetürmt; und eine kleine Gruppe von Bäumen, die immer noch das östliche Ende schmücken, das sich in sanfter Steigung erhebt, wurde gerade durch einen Klecks weißer Farbe zum Verschwinden aufgefordert und soll einem eigenartigen Hain aus Schornsteinen weichen.

Vielleicht würde es anderen in meiner Situation schaden, darüber nachzudenken, dass dieses kleine Weideland einst meinem Vater gehörte (dessen Familie in der Welt von einiger Bedeutung war) und von den Feldern verkauft wurde, um die Not zu beheben, in die er verwickelt war Versuch, sein gemindertes Vermögen durch kommerzielles Abenteuer wiedergutzumachen. Während der Bauplan in vollem Gange war, wurde ich von Freunden, die darauf bedacht sind, dass kein Teil Ihres Unglücks Ihrer Beobachtung entgeht, oft auf diesen Umstand hingewiesen. „So ein Weideland ! – das ganz am Ende der Stadt liegt – mit Rüben und Kartoffeln würden die Parks 20 L pro Hektar einbringen; und wenn es zum Bauen gepachtet wurde – oh, es war eine Goldmine! Und alles für ein altes Lied aus den Händen des alten Besitzers verkauft!“ Meine Tröster können mich nicht dazu bringen, über dieses Thema viel zu bemängeln. Wenn es mir gestattet wäre, ohne Unterbrechung auf die Vergangenheit zurückzublicken, könnte ich bereitwillig den Genuss des gegenwärtigen Einkommens und die Hoffnung auf zukünftige Gewinne denen überlassen, die gekauft haben, was mein Vater verkauft hat. Ich bereue die Veränderung des Geländes nur deshalb, weil dadurch Assoziationen zerstört werden, und ich würde (glaube ich) lieber sehen, dass die Earl's Closes in den Händen von Fremden liegen und ihr waldiges Aussehen behalten, als sie für meine eigenen zu halten, wenn sie durch die Landwirtschaft zerrissen werden. oder mit Gebäuden bedeckt. Ich habe die Empfindungen des armen Logan: –

„Der schreckliche Pflug hat das Grün zerkratzt

Wo noch ein Kind, das ich verirrt habe;

Die Axt hat den Weißdornschirm niedergeschlagen ,

Der Sommerschatten des Schuljungen.“

Ich hoffe jedoch, dass die angedrohte Verwüstung nicht zu meinen Lebzeiten eintreten wird. Obwohl der abenteuerliche Geist der vor kurzem vergangenen Zeit zu diesem Vorhaben Anlass gab, bin ich zu der Annahme ermutigt, dass die späteren Veränderungen den Geist der Spekulation bisher gedämpft haben, dass der Rest des Waldwegs, der zu Tante Margarets Rückzugsort führt, für ihre und meine Zeit unberührt bleiben wird. Dies interessiert mich, denn jeder Schritt des Weges, nachdem ich die bereits erwähnte Grünfläche durchquert habe, hat für mich etwas von früherer Erinnerung : – Da ist der Zauntritt, an dem ich mich an ein mürrisches Kindermädchen erinnere, das mir meine Gebrechlichkeit vorwarf, als sie mich grob und achtlos über die steinigen Stufen hob, die meine Brüder mit Geschrei und Sprüngen überquerten. Ich erinnere mich an die unterdrückte Bitterkeit des Augenblicks und, im Bewusstsein meiner eigenen Minderwertigkeit, an das Gefühl des Neids, mit dem ich die leichten Bewegungen und elastischen Schritte meiner glücklicheren Brüder betrachtete. Ach! diese guten Barken sind alle auf dem weiten Ozean des Lebens untergegangen, und nur das, was so wenig seetauglich schien, wie es in der Seefahrtssprache heißt, hat den Hafen erreicht, als der Sturm vorüber war. Dann ist da der Teich, in den mein älterer Bruder beim Manövrieren unserer kleinen, aus breiten Wasserflaggen gebauten Flotte hineinfiel und nur knapp dem Wasser entkommen konnte, um unter Nelsons Flagge zu sterben. Und da ist auch das Haselnusswäldchen , in dem mein Bruder Henry Nüsse sammelte, ohne sich dabei Gedanken darüber zu machen, dass er auf der Suche nach Rupien in einem indischen Dschungel sterben würde.

Es gibt so viel mehr Erinnerung an den kleinen Spaziergang, dass es mich fast anregt, wenn ich innehalte, mich auf meinem Krückenstock ausruhe und mich mit dieser Art Vergleich zwischen dem, was ich war, und dem, was ich jetzt bin, umschaue an meiner eigenen Identität zu zweifeln; bis ich mich vor der geißblattfarbenen Veranda von Tante Margarets Wohnung wiederfinde, mit ihrer unregelmäßigen Vorderseite und ihren seltsamen, vorspringenden Gitterfenstern, wo die Arbeiter es sich offenbar zur Aufgabe gemacht haben, dass keiner von ihnen dem anderen in der Form ähneln sollte, Größe, oder in dem altmodischen Steingebälk und den Etiketten, die sie schmücken. Dieses Mietshaus, einst das Herrenhaus der Earl's Closes, haben wir immer noch in leichtem Besitz; denn in einigen familiären Vereinbarungen war Tante Margaret zu Lebzeiten darüber entschieden worden. Von dieser schwachen Amtszeit hängt in hohem Maße der letzte Schatten der Familie von Bothwell of Earl's Closes und ihre letzte geringfügige Verbindung mit ihrem väterlichen Erbe ab. Der einzige Vertreter wird dann ein gebrechlicher alter Mann sein, der nicht widerwillig ins Grab geht und alles verschlungen hat, was ihm lieb war.

Nachdem ich diesen Gedanken eine oder zwei Minuten lang nachgedacht habe, betrete ich das Herrenhaus, das nur das Torhaus des ursprünglichen Gebäudes gewesen sein soll, und finde ein Wesen, auf das die Zeit wenig Eindruck gemacht zu haben scheint; denn die Tante Margaret von heute ist genauso alt wie die Tante Margaret meiner frühen Jugend, wie der zehnjährige Junge mit dem Mann von (bei meiner Dame!) etwa sechsundfünfzig Jahren. Das unveränderliche Kostüm der alten Dame trägt zweifellos dazu bei, die Meinung zu bestätigen, dass bei Tante Margaret die Zeit stehen geblieben ist.

Das braune oder schokoladenfarbene Seidenkleid mit Rüschen aus dem gleichen Stoff am Ellbogen, darunter weitere aus Mechelner Spitze, die schwarzen Seidenhandschuhe oder Fäustlinge, das weiße, auf einer Rolle zurückgekämmte Haar und die Kappe aus fleckenlosem Batist, die das ehrwürdige Gesicht umschließt – so wie dies nicht das Kostüm von 1780 war, so war es auch nicht das von 1826; sie alle sind ein Stil, der der einzelnen Tante Margaret eigen ist. Dort sitzt sie noch immer, wie sie vor dreißig Jahren saß, mit ihrem Rad oder dem Strumpf, den sie im Winter am Kamin und im Sommer am Fenster strickt; oder vielleicht wagt sie sich an einem ungewöhnlich schönen Sommerabend bis zur Veranda. Ihr Körper verrichtet wie ein gut konstruiertes mechanisches Gerät noch immer die Operationen, für die er bestimmt schien – er dreht seine Runden mit einer Aktivität, die allmählich nachlässt, aber keine Wahrscheinlichkeit erkennen lässt, dass sie bald ihren Höhepunkt erreichen wird.

Die Fürsorge und Zuneigung, die Tante Margaret zur willigen Sklavin einer ganzen Kinderstube gemacht hatte, haben nun die Gesundheit und den Trost eines alten und gebrechlichen Mannes zum Ziel – des letzten verbliebenen Verwandten ihrer Familie und des einzigen, der dazu in der Lage ist findet immer noch Interesse an den traditionellen Geschäften, die sie hortet, da ein Geizhals das Gold versteckt, von dem er wünscht, dass es nach seinem Tod niemandem mehr Freude bereiten sollte.

Mein Gespräch mit Tante Margaret hat im Allgemeinen wenig mit der Gegenwart oder der Zukunft zu tun. Im Laufe des Tages besitzen wir so viel, wie wir brauchen, und keiner von uns wünscht sich mehr; und für das, was folgen wird, haben wir auf dieser Seite des Grabes weder Hoffnungen noch Ängste noch Ängste. Daher blicken wir natürlich in die Vergangenheit zurück und vergessen die gegenwärtigen Schicksalsschläge und den Bedeutungsverlust unserer Familie, wenn wir uns an die Stunden erinnern, als sie reich und wohlhabend war.

Nach dieser kurzen Einführung erfährt der Leser so viel über Tante Margaret und ihren Neffen, wie zum Verständnis des folgenden Gesprächs und der Erzählung nötig ist.

Als ich letzte Woche spät an einem Sommerabend die alte Dame besuchte, die meinem Leser nun vorgestellt wird, empfing sie mich mit ihrer üblichen Zuneigung und Güte, während sie gleichzeitig geistesabwesend und zum Schweigen geneigt schien. Ich fragte sie nach dem Grund. „Sie haben die alte Kapelle ausgeräumt", sagte sie; „John Clayhudgeons hat anscheinend entdeckt, dass das Zeug darin – vermutlich die Überreste unserer Vorfahren – sich hervorragend zum Düngen der Wiesen eignet."

Hier sprang ich mit mehr Eifer auf, als ich seit einigen Jahren gezeigt habe; setzte mich aber wieder, während meine Tante hinzufügte und ihre Hand auf meinen Ärmel legte: „Die Kapelle wurde lange Zeit als öffentliches Gelände betrachtet, meine Liebe, und als Pferch genutzt, und was können wir dagegen haben, dass der Mann das, was ihm gehört, zu seinem eigenen Vorteil verwendet? Außerdem habe ich mit ihm gesprochen, und er versprach sehr bereitwillig und höflich, dass, wenn er Knochen oder Denkmäler finden würde, diese sorgfältig respektiert und wiederhergestellt werden sollten; und was könnte ich mehr verlangen? Der erste Stein, den sie fanden, trug den Namen Margaret Bothwell, 1585, und ich habe ihn sorgfältig beiseite legen lassen, da ich denke, dass er den Tod anzeigt, und nachdem er meinem Namensvetter zweihundert Jahre gedient hat, wurde er gerade rechtzeitig wieder aufgerichtet, um mir denselben guten Dienst zu erweisen. Mein Haus ist seit langem in Ordnung gebracht worden, soweit die kleinen irdischen Belange es erfordern; aber wer kann sagen, dass ihre Abrechnung mit dem Himmel ausreichend korrigiert ist?"

„Nach dem, was du gesagt hast, Tante", antwortete ich, „sollte ich vielleicht meinen Hut nehmen und weggehen; und das sollte ich auch tun, aber bei dieser Gelegenheit ist Ihre Hingabe ein wenig gemischt. Ständig an den Tod zu denken ist eine Pflicht – ihn eher anzunehmen, wenn man einen alten Grabstein findet, ist Aberglaube; und Sie mit Ihrem starken, nützlichen gesunden Menschenverstand, der so lange die Stütze einer gefallenen Familie war, sind die letzte Person, die ich einer solchen Schwäche hätte verdächtigen sollen."

„Auch würde ich Ihren Verdacht nicht verdienen, Verwandter", antwortete Tante Margaret, „wenn wir über irgendeinen Vorfall im wirklichen Leben sprechen würden. Aber trotz alledem habe ich ein Gefühl des Aberglaubens in mir, das ich nicht loswerden möchte. Es ist ein Gefühl, das mich von diesem Zeitalter trennt und mich mit dem verbindet, dem ich entgegeneile; und selbst wenn es, wie jetzt, mich an den Rand des Grabes zu führen scheint und mich auffordert, es anzustarren, möchte ich es nicht loswerden. Es beruhigt meine Vorstellungskraft, ohne meine Vernunft oder mein Verhalten zu beeinflussen."

„Ich bekenne, meine gute Frau", erwiderte ich, „hätte jemand außer Ihnen eine solche Erklärung abgegeben, hätte ich sie für ebenso launenhaft gehalten wie die des Geistlichen, der, ohne seine falsche Lesart zu rechtfertigen, aus Gewohnheit seinen alten Mumpsimus dem modernen Sumpsimus vorzog."

„Nun", antwortete meine Tante, „ich muss meine Inkonsistenz in dieser Sache durch einen Vergleich mit einer anderen erklären." Ich bin, wie Sie wissen, ein Teil dieser altmodischen Sache namens Jakobit; Aber ich bin nur in Gefühlen und Gefühlen so, denn ein treuerer Untertan beteiligte sich nie an den Gebeten für die Gesundheit und den Reichtum von Georg dem Vierten, den Gott lange behüte! Aber ich wage zu behaupten, dass dieser gutherzige Herrscher nicht glauben würde, dass eine alte Frau ihm großen Schaden zufügte, wenn sie sich in einer solchen Dämmerung in ihrem Sessel zurücklehnte und an die hochmütigen Männer dachte, deren Pflichtbewusstsein rief sie zu den Waffen gegen seinen Großvater auf; und wie sie in einer Sache, die sie als die ihres rechtmäßigen Fürsten und Landes betrachteten,

„Sie kämpften, bis ihre Hand am Breitschwert klebte,

Sie kämpften mit unbändigem Herzen gegen das Schicksal.'

Kommen Sie nicht in einem solchen Moment, in dem mein Kopf voller Plaids, Pibrochs und Claymores ist, und verlangen Sie von meiner Vernunft, etwas zuzugeben, was sie, fürchte ich, nicht leugnen kann – nämlich, dass das öffentliche Wohl kategorisch verlangte, dass diese Dinge aufhören sollten. Ich kann mich zwar nicht weigern, Ihre Argumentation anzuerkennen, aber da Sie gegen meinen Willen überzeugt werden, werden Sie mit Ihrem Vorstoß wenig erreichen. Sie könnten einem verliebten Liebhaber genauso gut den Katalog der Unvollkommenheiten seiner Geliebten vorlesen; denn wenn er gezwungen ist, sich die Zusammenfassung anzuhören, werden Sie als Antwort nur bekommen, dass er sie umso mehr liebt ."

Es tat mir nicht leid, Tante Margarets düstere Gedanken auf eine andere Bahn gelenkt zu haben, und ich antwortete im gleichen Tonfall: „Nun, ich bin jedenfalls davon überzeugt, dass unser guter König sich der treuen Zuneigung von Mrs. Bothwell sicherer ist , da er sowohl das Geburtsrecht der Stewarts als auch die Thronfolge zu seinen Gunsten besitzt ."

„Vielleicht wäre meine Zuneigung, wenn sie denn von Bedeutung wäre, für die Vereinigung der von Ihnen genannten Rechte noch wärmer", sagte Tante Margaret; „aber auf mein Wort, sie wäre genauso aufrichtig, wenn das Recht des Königs nur auf dem Willen der Nation beruhen würde, wie er in der Revolution erklärt wurde. Ich gehöre nicht zu Ihren JURE DIVINO-Leuten."

„Und trotzdem ein Jakobit."

„Und ich bin trotzdem ein Jakobit – oder besser gesagt, ich erlaube Ihnen, mich zu der Gruppe zu zählen , die man zu Königin Annes Zeiten als Skurrilitäten bezeichnete, weil sie manchmal von Gefühlen, manchmal von Prinzipien geleitet wurden. Schließlich ist es sehr schwer, einer alten Frau nicht zuzugestehen, dass sie in ihren politischen Ansichten so inkonsequent ist, wie die Menschheit im Allgemeinen in allen verschiedenen Lebensbereichen, denn Sie können keinen einzigen nennen, in dem die Leidenschaften und Vorurteile derer, die sie verfolgen, uns nicht ständig von dem Weg abbringen, den unsere Vernunft vorgibt.“

„Das stimmt, Tante. Aber Sie sind eine eigensinnige Vagabundin, die man wieder auf den rechten Weg zurückführen sollte.“

„Verschone mich, ich bitte dich“, antwortete Tante Margaret. „Du erinnerst dich an das gälische Lied, obwohl ich den Text wahrscheinlich falsch ausspreche –

' Hatil mohatil , na dowski mi.'

(Ich schlafe, wecke mich nicht.)

Ich sage dir, Verwandter, dass die Art von Wachträumen, die meine Fantasie ausspuckt, in dem, was dein Lieblings -Wordsworth „Stimmungen meines eigenen Geistes“ nennt, den ganzen Rest meiner aktiveren Tage wert sind. Dann, anstatt nach vorne zu blicken, wie ich es in meiner Jugend getan habe, und mir Feenpaläste zu bauen, wende ich am Rande des Grabes meinen Blick zurück auf die Tage und Sitten meiner besseren Zeit; und die traurigen, aber dennoch beruhigenden Erinnerungen kommen mir so nahe und sind so interessant, dass ich es fast für ein Sakrileg halte, klüger, rationaler oder weniger voreingenommen zu sein als diejenigen, zu denen ich in meinen jüngeren Jahren aufgeschaut habe.“

„Ich glaube, ich verstehe jetzt, was Sie meinen“, antwortete ich, „und kann verstehen, warum Sie gelegentlich das Zwielicht der Illusion dem stetigen Licht der Vernunft vorziehen sollten.“

„Wo keine Aufgabe zu erledigen ist“, erwiderte sie, „können wir im Dunkeln sitzen, wenn es uns gefällt; Wenn wir zur Arbeit gehen, müssen wir nach Kerzen klingeln.“

„Und inmitten solch schattigen und zweifelhaften Lichts“, fuhr ich fort, „rahmt die Fantasie ihre verzauberten und bezaubernden Visionen und überträgt sie manchmal auf die Sinne, um sie als Realität zu erkennen.“

„Ja“, sagte Tante Margaret, eine belesene Frau, „für diejenigen, die dem Übersetzer von Tasso ähneln, –

„Überlegener Dichter, dessen zweifelsfreier Geist

Zu diesem Zweck ist es nicht erforderlich, dass Sie sich der schmerzlichen Schrecken bewusst sind, die ein tatsächlicher Glaube an solche Wunderkinder mit sich bringt. Ein solcher Glaube gehört heutzutage nur noch Narren und Kindern. Es ist nicht notwendig, dass Ihre Ohren kribbeln und Ihr Teint sich verändert, wie bei Theodore, wenn der gespenstische Jäger naht. Alles, was für den Genuss des milderen Gefühls übernatürlicher Ehrfurcht unerlässlich ist, ist, dass Sie für das leichte Schaudern empfänglich sein sollten, das Sie überkommt, wenn Sie eine Schreckensgeschichte hören – die wohlbegründete Geschichte, die der Erzähler zuerst geäußert hat allgemeiner Unglaube an all diese legendären Überlieferungen, die er auswählt und hervorbringt, weil sie etwas darin enthalten, das er immer als unerklärlich aufgeben musste. Ein weiteres Symptom ist ein vorübergehendes Zögern, sich umzusehen, wenn das Interesse an der Erzählung am höchsten ist; und drittens der Wunsch, den Blick in den Spiegel zu vermeiden, wenn man abends allein in seinem Zimmer ist. Ich meine, das sind Zeichen, die auf eine Krise hinweisen, wenn die Fantasie einer Frau die richtige Temperatur erreicht hat, um sich an einer Geistergeschichte zu erfreuen. Ich behaupte nicht, diejenigen zu beschreiben, die bei einem Gentleman die gleiche Veranlagung zum Ausdruck bringen."

„Das letzte Symptom, liebe Tante, nämlich die Meidung des Spiegels, scheint beim schönen Geschlecht ein seltenes Phänomen zu sein."

„Du bist ein Neuling in Sachen Toilettenmode, mein lieber Cousin. Alle Frauen schauen ängstlich in den Spiegel, bevor sie in Gesellschaft gehen; Aber als sie nach Hause zurückkehren, hat der Spiegel nicht mehr den gleichen Charme. Die Würfel sind gefallen – die Partei hatte mit dem Eindruck, den sie hinterlassen wollte, Erfolg oder Misserfolg. Aber ohne näher auf die Geheimnisse des Schminktischs einzugehen, möchte ich Ihnen sagen, dass ich selbst, wie viele andere ehrliche Leute, nicht gerne die leere, schwarze Vorderseite eines großen Spiegels in einem schwach beleuchteten Raum sehe, und wo auch immer Das Spiegelbild der Kerze scheint sich eher in der tiefen Dunkelheit des Glases zu verlieren, als wieder in die Wohnung zurückgespiegelt zu werden. Dieser Raum tintenschwarzer Dunkelheit scheint ein Feld zu sein, auf dem Fancy ihre Freuden ausleben kann. Vielleicht ruft sie andere herbei Merkmale, die uns begegnen, statt der Widerspiegelung unserer eigenen; oder, wie in den Zaubersprüchen von Halloween, die wir in der Kindheit gelernt haben, kann man eine unbekannte Gestalt sehen, die über unsere Schulter guckt. Kurz gesagt, wenn ich in der Stimmung bin, Geister zu sehen , lasse ich meine Dienerin die grünen Vorhänge vor dem Spiegel zuziehen, bevor ich das Zimmer betrete, damit sie den ersten Schock der Erscheinung erleben kann, falls welche zu sehen ist , Aber um die Wahrheit zu sagen, diese Abneigung, zu bestimmten Zeiten und an bestimmten Orten in einen Spiegel zu schauen, hat meines Erachtens ihren ursprünglichen Ursprung in einer Geschichte, die mir durch Überlieferung von meiner Großmutter überliefert wurde, die an der Szene beteiligt war wovon ich Ihnen jetzt erzählen werde."

---

und an bestimmten Orten in einen Spiegel zu schauen, hat meines Erachtens ihren ursprünglichen Ursprung in einer Geschichte, die mir durch Überlieferung von meiner Großmutter überliefert wurde, die an der Szene beteiligt war wovon ich Ihnen jetzt erzählen werde."

DER SPIEGEL.

KAPITEL I.

Du liebst (sagte meine Tante) Skizzen der verstorbenen Gesellschaft. Ich wünschte, ich könnte Ihnen Sir Philip Forester, den „Chartered Libertine" der schottischen guten Gesellschaft, gegen Ende des letzten Jahrhunderts beschreiben. Ich habe ihn tatsächlich nie gesehen; aber die Traditionen meiner Mutter waren voll von seinem Witz, seiner Tapferkeit und seiner Zerstreutheit. Dieser fröhliche Ritter erlebte seine Blütezeit gegen Ende des 17. und Anfang des 18. Jahrhunderts. Er war der Sir Charles Easy und der Lovelace seiner Zeit und seines Landes – bekannt für die Anzahl der Duelle, die er ausgefochten hatte, und die erfolgreichen Intrigen, die er geführt hatte. Die Vormachtstellung, die er in der Modewelt erlangt hatte, war absolut; und wenn wir es mit einer oder zwei Anekdoten verbinden, wonach er, „wenn für jeden Grad Gesetze erlassen worden wären", sicherlich hätte gehängt werden müssen, zeigt die Popularität eines solchen Menschen wirklich, dass die gegenwärtigen Zeiten viel sind anständiger, wenn nicht sogar tugendhafter, als sie früher waren, oder dass hohe Bildung damals schwieriger zu erreichen war als das, was heute so genannt wird, und dem erfolgreichen Professor folglich ein angemessenes Maß an vollkommenen Ablässen und Privilegien einräumte. Kein Beau dieser Zeit hätte eine so hässliche Geschichte erzählen können wie die der hübschen Peggy Grindstone, der Tochter des Müllers in Sillermills – sie hatte dem Lord Advocate beinahe Arbeit geleistet. Aber es hat Sir Philip Forester nicht mehr verletzt, als der Hagel dem Herd schadet. Er wurde in der Gesellschaft so gut aufgenommen wie eh und je und speiste am Tag der Beerdigung des armen Mädchens mit dem Herzog von A. Sie starb an Herzschmerz. Aber das hat nichts mit meiner Geschichte zu tun.

Jetzt müssen Sie auf ein einziges Wort über Verwandte, Verwandte und Verbündete hören; Ich verspreche Ihnen, dass ich nicht weitschweifig sein werde. Für die Authentizität meiner Legende ist es jedoch notwendig, dass Sie wissen, dass Sir Philip Forester mit seiner gutaussehenden Persönlichkeit, seinen eleganten Leistungen und seinen modischen Manieren die jüngere Miss Falconer von King's Copland geheiratet hat. Die ältere Schwester dieser Dame war zuvor die Frau meines Großvaters, Sir Geoffrey Bothwell, geworden und brachte unserer Familie ein großes Vermögen. Miss Jemima oder Miss Jemmie Falconer, wie sie gewöhnlich genannt wurde, hatte ebenfalls etwa zehntausend Pfund Sterling – damals war es wirklich eine sehr stattliche Portion.

Die beiden Schwestern waren sehr unterschiedlich, obwohl jede von ihnen ihre Verehrer hatte, solange sie ledig blieben. Lady Bothwell hatte etwas von dem Blut der alten King's Coplands in sich. Sie war mutig, wenn auch nicht so kühn, ehrgeizig und begierig, ihr Haus und ihre Familie großzuziehen; und sie war, wie gesagt, ein beträchtlicher Ansporn für meinen Großvater, der sonst ein träger Mann war, aber der, sofern er nicht verleumdet wurde, durch den Einfluss seiner Frau in einige politische Angelegenheiten verwickelt war, die man besser hätte ruhen lassen sollen. Sie war jedoch eine Frau mit hohen Grundsätzen und männlichem gesunden Menschenverstand, wie einige ihrer Briefe bezeugen, die sich noch immer in meinem Wandschrank befinden.

Jemmie Falconer war in jeder Hinsicht das Gegenteil ihrer Schwester. Ihr Verstand reichte nicht über das normale Maß hinaus, wenn man überhaupt sagen konnte, dass sie es erreicht hatte. Ihre Schönheit bestand, solange sie anhielt, zu einem großen Teil aus zarter Haut und regelmäßigen Zügen, ohne besondere Ausdruckskraft. Sogar dieser Charme verblasste unter den Leiden , die eine unpassende Verbindung mit sich bringt. Sie hing leidenschaftlich an ihrem Mann, der sie mit einer gefühllosen, aber höflichen Gleichgültigkeit behandelte, die für jemanden, dessen Herz so weich wie sein Urteil schwach war, vielleicht schmerzhafter war als absolute Misshandlung. Sir Philip war ein Lüstling – das heißt, ein völlig selbstsüchtiger Egoist –, dessen Wesen und Charakter dem Degen ähnelten, den er trug, geschliffen, scharf und brillant, aber unbeugsam und mitleidslos. Da er sorgfältig alle üblichen Formen gegenüber seiner Dame einhielt, war er so geschickt, sie sogar des Mitleids der Welt zu berauben; und so nutzlos und vergeblich dies auch sein mag, solange die Leidende tatsächlich davon besessen ist, ist es für eine Seele wie die von Lady Forester höchst schmerzlich zu wissen, dass sie es nicht hat.

Der Klatsch der Gesellschaft tat sein Bestes, um den sündigen Ehemann über die leidende Ehefrau zu stellen. Einige nannten sie ein armes, mutloses Ding und erklärten, mit ein wenig vom Mut ihrer Schwester hätte sie jeden Sir Philip zur Vernunft bringen können, und wäre es der streitsüchtige Falconbridge selbst. Aber der Großteil ihrer Bekannten täuschte Aufrichtigkeit vor und sah Fehler auf beiden Seiten – obwohl es in Wirklichkeit nur den Unterdrücker und den Unterdrückten gab. Der Ton dieser Kritiker war: „Natürlich wird niemand Sir Philip Forester rechtfertigen, aber wir kennen ja alle Sir Philip, und Jemmie Falconer hätte von Anfang an wissen müssen, was sie zu erwarten hatte. Was brachte sie dazu, ihr Auge auf Sir Philip zu werfen? Er hätte sie nie angesehen, wenn sie sich nicht mit ihren mickrigen zehntausend Pfund an seinen Kopf geworfen hätte. Ich bin sicher, wenn er Geld wollte, hat sie ihm den Markt verdorben. Ich weiß, wo Sir Philip es viel besser hätte machen können. Und wenn sie den Mann haben WOLLTE, könnte sie dann nicht versuchen, ihm zu Hause mehr Komfort zu bieten, seine Freunde öfter zu empfangen und ihn nicht mit den schreienden Kindern zu plagen und dafür zu sorgen, dass alles im Haus schön und stilvoll ist? Ich bin überzeugt, dass Sir Philip ein sehr häuslicher Mann geworden wäre, mit einer Frau, die wusste, wie man mit ihm umgeht."

Diese fairen Kritiker haben beim Errichten ihres tiefen Gebäudes häuslichen Glücks nicht bedacht, dass der Grundstein fehlte und dass, um gute Gesellschaft mit guter Laune zu empfangen, die Mittel für das Bankett von Sir Philip hätten bereitgestellt werden müssen, dessen Einkommen (so dürftig es auch war) nicht ausreichte, um die erforderliche Gastfreundschaft zu zeigen und gleichzeitig die MENÜS PLAISIRS des guten Ritters zu besorgen. So trug Sir Philip trotz aller klugen Ratschläge seiner Freundinnen seine gute Laune überallhin mit und ließ zu Hause ein einsames Haus und eine schmachtende Gattin zurück.

Schließlich beschloss Sir Philip Forester, unbequem in seinen Geldangelegenheiten und selbst der kurzen Zeit, die er in seinem eigenen tristen Haus verbrachte, müde, als Freiwilliger eine Reise auf den Kontinent zu unternehmen. Damals war es für Modemänner üblich, dies zu tun; und unser Ritter war vielleicht der Meinung, dass ein Anflug von militärischem Charakter, der gerade ausreichte, um seine Qualitäten als BEAU GARCON hervorzuheben, aber nicht pedantisch zu machen, notwendig war, um die hohe Stellung zu behalten, die er in den Reihen der Mode innehatte.

Sir Philips Entschluss versetzte seine Frau in schreckliche Angstzustände, die den würdigen Baronet so sehr ärgerten, dass er sich entgegen seiner Gewohnheit einige Mühe gab, ihre Befürchtungen zu beschwichtigen, und sie erneut dazu brachte, Tränen zu vergießen, in denen sich Trauer und Freude nicht ganz vermischten. Lady Bothwell bat Sir Philip als Gefallen um die Erlaubnis, ihre Schwester und deren Familie während seiner Abwesenheit auf dem Kontinent in ihrem eigenen Haus aufzunehmen. Sir Philip stimmte einem Vorschlag bereitwillig zu, der Kosten sparte, die törichten Leute zum Schweigen brachte, die von einer verlassenen Frau und Familie gesprochen hätten, und Lady Bothwell erfreute, für die er einen gewissen Respekt empfand, als für jemanden, der oft mit ihm sprach, immer freimütig und manchmal streng, ohne sich von seinem Spott oder dem PRESTIGE seines Rufs abschrecken zu lassen.

Ein oder zwei Tage vor Sir Philipps Abreise nahm sich Lady Bothwell die Freiheit, ihm in Gegenwart ihrer Schwester die direkte Frage zu stellen, die seine schüchterne Frau oft gewünscht, aber nie gewagt hatte, ihm zu stellen :

„Bitte, Sir Philip, welche Route nehmen Sie, wenn Sie den Kontinent erreichen?"

„Ich fahre mit einem Paket mit Ratschlägen von Leith nach Helvoet ."

„Das verstehe ich vollkommen“, sagte Lady Bothwell trocken; „Aber Sie haben nicht die Absicht, lange in Helvoet zu bleiben , nehme ich an, und ich würde gerne wissen, was Ihr nächstes Ziel ist.“

„Sie stellen mir, meine liebe Dame“, antwortete Sir Philip, „eine Frage, die ich mir selbst nicht zu stellen gewagt habe. Die Antwort hängt vom Schicksal des Krieges ab. Ich werde natürlich zum Hauptquartier gehen, wo auch immer sie sich gerade befinden; meine Empfehlungsschreiben abgeben; Lernen Sie so viel von der edlen Kunst des Krieges, wie einem armen Amateur, der sich einmischt, genügen kann. Und dann werfen Sie einen Blick auf die Art von Dingen, über die wir so viel in der Gazette lesen.“

„Und ich vertraue darauf, Sir Philip“, sagte Lady Bothwell, „dass Sie sich daran erinnern werden, dass Sie ein Ehemann und ein Vater sind; und dass Sie, auch wenn Sie es für angebracht halten, dieser militärischen Leidenschaft nachzugehen, sich dadurch nicht in Gefahren treiben lassen, denen ein erfahrener Fachmann sicherlich nicht ausgesetzt sein muss.“

„Lady Bothwell erweist mir zu viel Ehre “, erwiderte der abenteuerlustige Ritter, „wenn sie einen solchen Umstand mit dem geringsten Interesse betrachtet. Aber um Ihre schmeichelhafte Besorgnis zu lindern, vertraue ich darauf, dass Ihre Ladyschaft sich daran erinnert, dass ich den ehrwürdigen und väterlichen Charakter, den Sie mir so zuvorkommend zu meinem Schutz empfehlen, nicht aufs Spiel setzen kann, ohne einen ehrlichen Kerl namens Philip Forester in Gefahr zu bringen, mit dem ich dreißig Jahre lang Umgang hatte und von dem ich mich, obwohl ihn manche Leute für einen Gecken halten, nicht im Geringsten trennen möchte.“

„Nun, Sir Philip, Sie können Ihre Angelegenheiten am besten selbst beurteilen. Ich habe kaum das Recht, mich einzumischen – Sie sind nicht mein Mann.“

„Gott bewahre !“, sagte Sir Philip hastig, fügte jedoch sofort hinzu: „Gott bewahre mich, dass ich meinem Freund Sir Geoffrey einen so unschätzbaren Schatz raube.“

„Aber Sie sind der Mann meiner Schwester“, antwortete die Dame. „Und ich nehme an, Sie wissen um ihre gegenwärtige Seelenpein –“

„Wenn ich von morgens bis abends nichts anderes höre, was mich darauf aufmerksam machen kann“, sagte Sir Philip, „sollte ich etwas über die Sache wissen.“

„Ich behaupte nicht, auf Ihren Witz eine Antwort geben zu können, Sir Philip“, antwortete Lady Bothwell; „aber Sie müssen sich darüber im Klaren sein, dass all diese Bedrängnis auf Befürchtungen um Ihre persönliche Sicherheit zurückzuführen ist.“

„In diesem Fall überrascht es mich, dass sich zumindest Lady Bothwell so viel Mühe mit einem so unbedeutenden Thema macht."

„Das Interesse meiner Schwester mag der Grund dafür sein, dass ich unbedingt etwas über Sir Philip Foresters Vorhaben erfahren möchte. Sonst hätte er, wie ich weiß, nicht gewollt, dass ich mich damit beschäftige. Ich bin auch um die Sicherheit eines Bruders besorgt."

„Sie meinen Major Falconer, Ihren Bruder mütterlicherseits? Was kann er wohl mit unserem netten Gespräch zu tun haben?"

„Sie haben sich gestritten, Sir Philip", sagte Lady Bothwell.

„Natürlich. Wir sind Verwandte", antwortete Sir Philip, „und haben als solche immer den üblichen Verkehr gehabt."

„Das ist ein Ausweichen vor dem Thema", antwortete die Dame. „Mit Worten meine ich wütende Worte über Ihr Verhalten gegenüber Ihrer Frau."

„Wenn Sie meinen", erwiderte Sir Philip Forester, „dass Major Falconer einfältig genug war, mir, Lady Bothwell, seinen Rat in meine häuslichen Angelegenheiten aufzudrängen, dann sind Sie in der Tat berechtigt anzunehmen, dass ich mit dieser Einmischung möglicherweise so unzufrieden bin, dass ich ihn bitte, mit seinem Rat so lange zu warten, bis er eingeholt wird."

„Und unter diesen Bedingungen wollen Sie genau der Armee beitreten, in der mein Bruder Falconer jetzt dient?"

„Kein Mann kennt den Pfad der Ehre besser als Major Falconer", sagte Sir Philip. „Ein nach Ruhm strebender Anwärter wie ich kann keinen besseren Führer wählen als seine Schritte."

Lady Bothwell stand auf und ging zum Fenster. Tränen strömten ihr aus den Augen.

„Und dieser herzlose Spott", sagte sie, „ist alles, was man unserer Befürchtung eines Streits mit den schrecklichsten Folgen schenken sollte? Guter Gott! Woraus können die Herzen der Menschen gemacht sein, die so mit dem Leid anderer spielen können?"

Sir Philip Forester war gerührt und legte den spöttischen Ton beiseite, in dem er bis dahin gesprochen hatte.

„Liebe Lady Bothwell", sagte er und ergriff widerstrebend ihre Hand, „wir liegen beide falsch. Du meinst es zu sehr ernst; Ich vielleicht zu wenig. Der Streit, den ich mit Major Falconer hatte, hatte keine irdische Bedeutung. Wäre zwischen uns etwas passiert, das PAR VOIE DU FAIT hätte geklärt werden müssen, wie wir in Frankreich sagen, wäre keiner von uns jemand, der ein solches Treffen wahrscheinlich verschieben würde. Gestatten Sie mir zu sagen, dass, wenn allgemein bekannt wäre, dass Sie oder meine Lady Forester eine solche Katastrophe befürchten, dies genau das Mittel sein könnte, um herbeizuführen, was sonst wahrscheinlich nicht passieren würde. Ich kenne Ihren gesunden Menschenverstand, Lady Bothwell, und dass Sie mich verstehen werden, wenn ich sage, dass meine Angelegenheiten wirklich meine Abwesenheit für einige Monate erfordern. Das kann Jemima nicht verstehen. Es ist eine ständige Wiederholung der Fragen: Warum kann man dies, das oder das Dritte nicht tun? und wenn Sie ihr bewiesen haben, dass ihre Mittel völlig wirkungslos sind, müssen Sie die ganze Runde noch einmal von vorne beginnen. Sagen Sie ihr nun, liebe Lady Bothwell, dass SIE zufrieden sind. Sie ist, das müssen Sie zugeben, eine jener Personen, bei denen Autorität über die Argumentation hinausgeht. Setzen Sie nur ein wenig Vertrauen in mich, und Sie werden sehen, wie reichlich ich es zurückzahlen werde.“

Lady Bothwell schüttelte den Kopf, als wäre sie nur halb zufrieden. „Wie schwer ist es, Vertrauen zu schenken, wenn die Grundlage, auf der es beruhen sollte, so erschüttert ist! Aber ich werde mein Bestes tun, um Jemima zu beruhigen. Und außerdem kann ich nur sagen, dass ich Sie Gott und den Menschen gegenüber dafür verantwortlich mache, dass Sie an Ihrem gegenwärtigen Vorhaben festhalten.“

„Fürchten Sie nicht, dass ich Sie täusche“, sagte Sir Philip. „Die sicherste Beförderung zu mir ist über das Hauptpostamt Helvoetsluys , wo ich Anweisungen für die Weiterleitung meiner Briefe hinterlassen werde. Was Falconer betrifft, werden wir uns nur bei einer Flasche Burgunder treffen; seien Sie also ganz ruhig.“

Lady Bothwell konnte es sich NICHT leicht machen; Dennoch war sie sich bewusst, dass ihre Schwester sich selbst schadete, indem sie, wie die Mägde es nennen, zu vehement die Verantwortung übernahm und vor jedem Fremden durch ihr Benehmen und manchmal auch durch ihre Worte eine Unzufriedenheit mit der Reise ihres Mannes zum Ausdruck brachte, die ganz sicher sein würde an seine Ohren kommen und ihm ebenso sicher missfallen werden. Doch dieser häusliche Zwist, der erst mit dem Tag der Trennung endete, ließ sich nicht ändern.

Es tut mir leid, dass ich nicht genau sagen kann, in welchem Jahr Sir Philip Forester nach Flandern ging. aber es war einer von denen, in denen der Feldzug mit außerordentlicher Heftigkeit begann und viele blutige, wenn auch unentschlossene Scharmützel zwischen den Franzosen auf der einen und den Alliierten auf der anderen Seite ausgetragen wurden. Bei all unseren modernen Verbesserungen gibt es vielleicht keine, die größer ist als die Genauigkeit und Geschwindigkeit, mit der Informationen von jedem

Einsatzort an diejenigen in diesem Land übermittelt werden, die sie möglicherweise betreffen. Während Marlboroughs Feldzügen wurde das Leid der vielen, die Verwandte in oder mit der Armee hatten, durch die Spannung, in der sie wochenlang festgehalten wurden, erheblich verstärkt, nachdem sie von blutigen Schlachten gehört hatten, in denen aller Wahrscheinlichkeit nach diejenigen für deren Brust vor Angst pochte, war persönlich engagiert gewesen. Zu denen, die dieser Zustand der Ungewissheit am meisten quälte, gehörte die – ich hätte fast gesagt, verlassene – Frau des schwulen Sir Philip Forester. Ein einziger Brief hatte sie über seine Ankunft auf dem Kontinent informiert; Es wurden keine weiteren empfangen. In den Zeitungen erschien eine Meldung, in der erwähnt wurde, dass der Freiwillige Sir Philip Forester mit einer gefährlichen Aufklärung betraut war, die er mit größtem Mut, Geschicklichkeit und Intelligenz durchgeführt hatte, und erhielt dafür den Dank des befehlshabenden Offiziers. Das Gefühl, dass er sich einen Namen gemacht hatte, ließ die blassen Wangen der Dame für einen Moment glühen; aber bei der Erinnerung an seine Gefahr verschwand es sofort in aschfahlem Weiß. Danach hatten sie keinerlei Neuigkeiten mehr, weder von Sir Philip noch von ihrem Bruder Falconer. Der Fall von Lady Forester unterschied sich tatsächlich nicht von dem von Hunderten, die sich in derselben Situation befanden; aber ein schwacher Geist ist zwangsläufig ein reizbarer Geist, und die Ungewissheit, die einige mit konstitutioneller Gleichgültigkeit oder philosophischer Resignation ertragen, und andere mit der Neigung, das Beste zu glauben und zu hoffen, war für Lady Forester, die gleichzeitig einsam und sensibel, niedergeschlagen war, unerträglich und ohne Geisteskraft, ob natürlich oder erworben.

KAPITEL II.

Da sie keine weiteren Nachrichten von Sir Philip erhielt, weder direkt noch indirekt, begann seine unglückliche Dame nun, selbst in jenen nachlässigen Gewohnheiten, die ihr so oft Schmerzen bereitet hatten, eine Art Trost zu empfinden. „Er ist so gedankenlos", wiederholte sie hundertmal am Tag zu ihrer Schwester, „er schreibt nie, wenn alles glatt läuft." Es ist sein Weg. Wäre etwas passiert, hätte er uns informiert."

Lady Bothwell hörte ihrer Schwester zu, ohne zu versuchen, sie zu trösten. Wahrscheinlich war sie der Meinung, dass selbst die schlimmsten Nachrichten, die man aus Flandern erhalten konnte, nicht ohne einen Hauch von Trost sein konnten; und dass die verwitwete Lady Forester, wenn sie so genannt werden sollte, eine Quelle des Glücks haben könnte, die der Frau des fröhlichsten und vornehmsten Gentlemans in Schottland unbekannt war. Diese Überzeugung wurde stärker, als sie aus Erkundigungen im Hauptquartier erfuhren, dass Sir Philip nicht mehr bei der Armee war – ob er jedoch in einem der ständig stattfindenden Scharmützel, bei denen er sich gerne auszeichnete, gefangen genommen oder getötet worden war oder ob er aus irgendeinem unbekannten Grund oder aufgrund einer launischen Sinnesänderung freiwillig den Dienst verlassen hatte, konnte keiner seiner Landsleute im Lager der Alliierten auch nur eine Vermutung anstellen. Inzwischen wurden seine Gläubiger zu Hause lautstark, beschlagnahmten sein Eigentum und bedrohten seine Person, sollte er voreilig genug sein, nach Schottland zurückzukehren. Diese zusätzlichen Nachteile verstärkten Lady Bothwells Missfallen gegenüber dem flüchtigen Ehemann; Ihre Schwester hingegen sah in keinem von ihnen etwas anderes, als etwas, das ihren Kummer über die Abwesenheit des Mannes, den sie sich jetzt – wie schon vor der Heirat – als galant, heiter und liebevoll vorstellte, nur noch verstärkte.

Ungefähr zu dieser Zeit erschien in Edinburgh ein Mann von einzigartigem Aussehen und Anspruch. Wegen seiner Ausbildung an dieser berühmten Universität wurde er allgemein als Paduaner Doktor bezeichnet. Er soll über einige seltene Kenntnisse in der Medizin verfügen, mit denen er angeblich bemerkenswerte Heilungen vollbracht habe. Aber obwohl ihn einerseits die Ärzte von Edinburgh einen Empiriker nannten, gab es viele Personen, darunter auch einige Geistliche, die, obwohl sie die Wahrheit der Heilmittel und die Wirksamkeit seiner Heilmittel anerkannten, ihn als Doktor bezeichneten Baptista Damiotti nutzte Zauberei und illegale Künste, um in seiner Praxis Erfolg zu haben. Es wurde sogar feierlich dagegen gepredigt, sich an ihn zu wenden, als ein Streben nach Gesundheit bei Götzen und ein Vertrauen auf die Hilfe, die aus Ägypten kommen sollte. Aber der Schutz, den der Paduaner Doktor von einigen Freunden von Interesse und Bedeutung erhielt, ermöglichte es ihm, diesen Anschuldigungen zu trotzen und selbst in der Stadt Edinburgh, die für ihre Abscheu vor Hexen und Nekromanten berühmt war, den gefährlichen Charakter von zu übernehmen ein Erklärer der Zukunft. Es ging schließlich das Gerücht um , dass Doktor Baptista Damiotti aus einer gewissen Befriedigung, die natürlich nicht unerheblich war, das Schicksal der Abwesenden erzählen und seinen Besuchern sogar die persönliche Gestalt ihrer abwesenden Freunde und deren Handlung zeigen konnte Sie waren im Moment verlobt. Dieses Gerücht kam Lady Forester zu Ohren, die den Höhepunkt ihrer seelischen Qual erreicht hatte, bei dem der Leidende alles tun oder alles ertragen würde, um die Spannung in Gewissheit umzuwandeln.

Normalerweise war sie sanft und schüchtern, aber ihr Gemütszustand machte sie ebenso stur und rücksichtslos, und ihre Schwester, Lady Bothwell, war nicht wenig überrascht und beunruhigt, als sie ihren Entschluss ausdrücken hörte, diesen Künstler aufzusuchen und von ihm das Schicksal ihres Mannes zu erfahren. Lady Bothwell erhob Einwände gegen die Unwahrscheinlichkeit, dass solche Ansprüche wie die dieses Ausländers auf etwas anderem als Betrug beruhen könnten.

„Es ist mir gleich", sagte die verlassene Ehefrau, „wie sehr ich mich dem Spott aussetze; wenn es auch nur eine Chance unter hundert gibt, Gewissheit über das Schicksal meines Mannes zu erlangen, so werde ich mir diese Chance um nichts anderes entgehen lassen, als was die Welt mir bieten kann."

Als nächstes betonte Lady Bothwell, dass es ungesetzlich sei, auf solche Quellen verbotenen Wissens zurückzugreifen.

„Schwester", antwortete der Leidende, „wer verdurstet, kann nicht umhin, auch nur vergiftetes Wasser zu trinken." Wer unter der Spannung leidet, muss nach Informationen suchen, selbst wenn die Mächte, die sie anbieten, unheilig und höllisch wären. Ich gehe allein, um mein Schicksal zu erfahren, und noch heute Abend werde ich es erfahren; Die Sonne, die morgen aufgeht, wird mich, wenn nicht glücklicher, so doch zumindest resignierter finden."

„Schwester", sagte Lady Bothwell, „wenn Sie zu diesem wilden Schritt entschlossen sind, werden Sie nicht allein gehen. Wenn dieser Mann ein Betrüger ist, sind Sie möglicherweise zu sehr von Ihren Gefühlen erregt, um seine Schurkerei zu erkennen. Wenn, was ich nicht glauben kann, etwas Wahres an dem ist, was er behauptet, werden Sie nicht allein einer Mitteilung so außergewöhnlicher Art ausgesetzt sein. Ich werde mit dir gehen, wenn du dich tatsächlich dazu entschließt. Aber überdenken Sie doch Ihr Vorhaben noch einmal und verzichten Sie auf Untersuchungen, die nicht ohne Schuldgefühle und vielleicht auch ohne Gefahr verfolgt werden können."

Lady Forester warf sich in die Arme ihrer Schwester, drückte sie an ihre Brust und dankte ihr hundertmal für das Angebot ihrer Gesellschaft, während sie den damit verbundenen freundlichen Rat mit einer melancholischen Geste ablehnte.

Als die Stunde der Dämmerung anbrach – die Zeit, in der der Paduaner Doktor angeblich die Besuche derer empfing, die ihn zu Rate ziehen wollten – verließen die beiden Damen ihre Gemächer in der Canongate von Edinburgh. Sie waren wie Frauen niederer Schicht gekleidet und hatten ihre Plaids um ihre Gesichter gelegt, wie sie von derselben Klasse getragen wurden; denn in jenen Tagen der Aristokratie wurde die Qualität der Trägerin im Allgemeinen an der Art und Weise erkannt, wie ihr Plaid gelegt war, sowie an der Feinheit seiner Textur. Es war Lady Bothwell, die diese Art der Verkleidung vorgeschlagen hatte, teils, um nicht bemerkt zu werden, wenn sie das Haus des Zauberers betraten, teils, um seine Scharfsinnigkeit zu testen, indem sie in einer falschen Rolle vor ihm erschien. Lady Foresters Dienerin, die sich als treu erwiesen hatte, war von ihr beauftragt worden, den Doktor durch ein angemessenes Honorar und eine Geschichte zu besänftigen, die andeutete, dass die Frau eines Soldaten das Schicksal ihres Mannes erfahren wollte – ein Thema, zu dem die Weise aller Wahrscheinlichkeit nach sehr häufig befragt wurde.

Bis zum letzten Augenblick, als die Palastuhr acht schlug, beobachtete Lady Bothwell ihre Schwester aufmerksam, in der Hoffnung, dass sie sich von ihrem überstürzten Unterfangen zurückziehen würde; Doch da Milde und sogar Schüchternheit in Zeiten vehementer und fester Absichten fähig sind, fand sie Lady Forester entschieden ungerührt und entschlossen, als der Moment des Abschieds kam. Unzufrieden mit der Expedition, aber entschlossen, ihre Schwester in einer solchen Krise nicht im Stich zu lassen, begleitete Lady Bothwell Lady Forester durch mehr als eine unbekannte Straße und Gasse, wobei der Diener voranging und als Führer fungierte. Schließlich bog er plötzlich in einen schmalen Hof ein und klopfte an eine gewölbte Tür, die zu einem antiken Gebäude zu gehören schien. Es öffnete sich, doch niemand schien als Gepäckträger aufzutreten; und der Diener trat vom Eingang zur Seite und bedeutete den Damen einzutreten. Kaum hatten sie dies getan, schloss sich die Tür und ihr Führer wurde ausgeschlossen. Die beiden Damen befanden sich in einem kleinen Vorraum, der von einer schwachen Lampe beleuchtet wurde und bei geschlossener Tür keine Verbindung zum äußeren Licht oder zur Luft hatte. Auf der anderen Seite des Vestibüls befand sich die teilweise offene Tür einer inneren Wohnung.

„Wir dürfen jetzt nicht zögern, Jemima", sagte Lady Bothwell und ging weiter in das innere Zimmer, wo sie, umgeben von Büchern, Karten, philosophischen Utensilien und anderen Geräten von eigenartiger Form und Erscheinung, den Mann der Kunst fanden.

Das Aussehen des Italieners war nicht sehr ungewöhnlich. Er hatte die dunkle Hautfarbe und die markanten Gesichtszüge seines Landes, schien etwa fünfzig Jahre alt zu sein und war hübsch, aber schlicht gekleidet in einen schwarzen Anzug , der damals die allgemeine Kleidung der Ärzteschaft war. Große Wachslichter in silbernen Wandleuchtern erhellten das Zimmer, das angemessen möbliert war. Er stand auf, als die Damen eintraten, und empfing sie trotz der minderwertigen Kleidung mit dem ausgeprägten Respekt, der ihrer Qualität gebührt und den Ausländer normalerweise denjenigen gegenüber, denen solche Ehre gebührt, peinlich genau erweisen.

Lady Bothwell bemühte sich, ihr Inkognito aufrechtzuerhalten, und als der Doktor sie an das obere Ende des Zimmers führte, machte sie eine Bewegung, mit der sie seine Höflichkeit ablehnte, da sie ihrer Lage nicht angemessen sei. „Wir sind arme Leute, Sir", sagte sie; „nur die Not meiner Schwester hat uns veranlasst, Eure Gnaden zu befragen, ob –"

Er lächelte, als er sie unterbrach : „ Ich weiß, Madam, um die Not Ihrer Schwester und um deren Ursache; ich weiß auch, dass ich durch den Besuch zweier hoch angesehener Damen geehrt werde – Lady Bothwell und Lady Forester. Wenn ich sie nicht von der Gesellschaftsschicht unterscheiden könnte, die ihre gegenwärtige Kleidung erkennen lässt, wäre es mir kaum möglich, sie zufriedenzustellen, indem ich ihnen die Informationen gebe, die sie suchen."

„Ich kann das gut verstehen", sagte Lady Bothwell.

„Verzeihen Sie meine Dreistigkeit, Sie zu unterbrechen, Mylady", rief der Italiener. „Eure Ladyschaft wollte gerade sagen, Sie könnten leicht verstehen, dass ich durch Ihren Diener in den Besitz Ihrer Namen gelangt bin. Aber wenn Sie so denken, tun Sie der Treue Ihres Dieners Unrecht, und, wie ich hinzufügen darf, der Geschicklichkeit eines Menschen, der nicht weniger Ihr ergebener Diener ist – Baptista Damiotti ."

„Ich habe weder das eine noch das andere vor, Sir", sagte Lady Bothwell, wobei sie einen gelassenen Tonfall beibehielt, wenn auch etwas überrascht; „aber die Situation ist etwas Neues für mich. Wenn Sie wissen, wer wir sind, wissen Sie auch, Sir, was uns hierhergeführt hat."

„Ich bin neugierig, das Schicksal eines angesehenen schottischen Herrn jetzt oder in letzter Zeit auf dem Kontinent zu erfahren", antwortete der Seher. „Sein Name ist Il Cavaliero Philippo Forester, ein Gentleman, der die Ehre hat , der Ehemann dieser Dame zu sein, und mit der Erlaubnis Ihrer Ladyschaft, eine klare Sprache zu verwenden, das Unglück hat, diesen unschätzbaren Vorteil nicht so zu würdigen, wie er es verdient."

Lady Forester seufzte tief und Lady Bothwell antwortete:

„Da Sie unser Ziel kennen, ohne dass wir es sagen, bleibt nur die Frage, ob Sie die Macht haben, die Angst meiner Schwester zu lindern?"

„Das habe ich, meine Dame", antwortete der Gelehrte aus Padua; „Aber es gibt noch eine vorherige Anfrage. Haben Sie den Mut, mit eigenen Augen zu sehen, was der Cavaliero Philippo Forester jetzt tut? Oder nehmen Sie es auf meinen Bericht an?"

„Diese Frage muss meine Schwester selbst beantworten", sagte Lady Bothwell.

„Mit meinen eigenen Augen werde ich es ertragen, alles zu sehen, was Sie mir zeigen können", sagte Lady Forester mit der gleichen Entschlossenheit, die sie beseelt hatte, seit sie sich zu diesem Thema entschlossen hatte.

„Es könnte eine Gefahr darin liegen."

„Wenn Gold das Risiko kompensieren kann", sagte Lady Forester und holte ihre Handtasche hervor.

„Ich tue solche Dinge nicht aus Gewinnsucht", antwortete der Ausländer; „Ich wage es nicht, meine Kunst einem solchen Zweck zuzuwenden. Wenn ich das Gold der Reichen nehme, so geschieht das nur, um es den Armen zu schenken; Ich nehme auch nie mehr als die Summe an, die ich bereits von Deinem Diener erhalten habe. Stecken Sie Ihre Handtasche auf, meine Dame; Ein Adept braucht dein Gold nicht."

Lady Bothwell betrachtete diese Ablehnung des Angebots ihrer Schwester als bloßen Trick eines Empirikers, um sie zu bewegen, ihm eine größere Summe aufzudrängen, und war bereit, dass die Szene beginnen und enden sollte, bot ihrerseits etwas Gold an und bemerkte, dass dies der Fall sei nur um den Bereich seiner Wohltätigkeit zu erweitern.

„Lady Bothwell soll den Bereich ihrer eigenen Nächstenliebe erweitern", sagte die Paduanerin, „nicht nur durch das Geben von Almosen, woran es ihr, wie ich weiß, nicht mangelt, sondern auch durch die Beurteilung des Charakters anderer; und möge sie Baptista Damiotti gefällig sein , indem sie ihn für ehrlich hält, bis sie ihn als Schurken entlarvt. Seien Sie nicht überrascht, meine Dame, wenn ich eher auf Ihre Gedanken als auf Ihre Äußerungen antworte; und sagen Sie mir noch einmal, ob Sie den Mut haben, das anzuschauen, was ich zu zeigen bereit bin?"

„Ich gebe zu, Sir", sagte Lady Bothwell, „dass Ihre Worte mich mit einem gewissen Gefühl der Angst erfüllen; aber was auch immer meine Schwester bezeugen möchte, ich werde nicht davor zurückschrecken, mit ihr Zeugnis zu geben."

„Nein, die Gefahr besteht nur in der Gefahr, dass Ihr Entschluss scheitert. Der Anblick kann nur sieben Minuten dauern; und sollten Sie die Vision durch ein einziges Wort unterbrechen, wäre nicht nur der Zauber gebrochen, sondern es könnte auch eine gewisse Gefahr für die Zuschauer entstehen. Aber wenn Sie sieben Minuten lang ruhig bleiben können, wird Ihre Neugier ohne das geringste Risiko befriedigt; und dafür werde ich meine Ehre einsetzen ."

Innerlich dachte Lady Bothwell, die Sicherheit sei nur gleichgültig; aber sie unterdrückte den Verdacht, als hätte sie geglaubt, der Adept, dessen dunkle Züge ein halb geformtes Lächeln zeigten, könne tatsächlich sogar ihre geheimsten Gedanken lesen. Dann trat eine feierliche Pause ein, bis Lady Forester genug Mut zusammennahm, um dem Arzt, wie er sich selbst nannte, zu antworten, dass sie standhaft bleiben und den Anblick, den er ihnen zu bieten versprochen hatte, zum Schweigen bringen würde. Daraufhin verneigte er sich tief vor ihnen, sagte, er gehe, um die Dinge vorzubereiten, um ihrem Wunsch nachzukommen, und verließ das Zimmer. Die beiden Schwestern setzten sich Hand in Hand, als wollten sie durch diese enge Verbindung jede Gefahr abwenden, die sie bedrohen könnte, auf zwei Stühle in unmittelbarer Nähe zueinander – Jemima suchte Halt in dem männlichen und gewohnten Mut von Lady Bothwell; sie hingegen war aufgeregter als erwartet und versuchte , sich durch die verzweifelte Entschlossenheit zu stärken, zu der ihre Schwester aufgrund der Umstände gezwungen worden war. Die eine sagte sich vielleicht, dass ihre Schwester nie etwas fürchtete; und die andere könnte bedenken, dass das, was eine so schwachsinnige Frau wie Jemima nicht fürchtete, für eine Person mit der Festigkeit und Entschlossenheit wie sie kein Grund zur Besorgnis sein konnte.

In wenigen Augenblicken wurden die Gedanken beider von ihrer eigenen Situation abgelenkt durch eine Musik, die so einzigartig süß und feierlich war, dass sie, obwohl sie dazu geeignet schien, jedes Gefühl abzuwehren oder zu zerstreuen, das nichts mit ihrer Harmonie zu tun hatte, gleichzeitig das Feierliche verstärkte Erregung, die das vorangegangene Interview hervorrufen sollte. Die Musik war die eines Instruments, mit dem sie nicht vertraut waren; Doch spätere Umstände führten meine Vorfahrin zu der Annahme, dass es sich um die Mundharmonika handelte, die sie in einem viel späteren Lebensabschnitt hörte.

Als diese himmlischen Geräusche verklungen waren, öffnete sich eine Tür im oberen Teil des Raumes, und sie sahen Damiotti , der zwei oder drei Stufen vor ihnen stand und ihnen ein Zeichen gab, weiterzugehen. Sein Kleid war so anders als das, das er noch vor wenigen Minuten getragen hatte, dass sie ihn kaum wiedererkennen konnten; und die totenbleiche Farbe seines Gesichts und eine gewisse strenge Muskelstarre, wie die eines Menschen, der sich zu einer seltsamen und gewagten Tat entschlossen hat, hatten den etwas sarkastischen Ausdruck, mit dem er sie beide und insbesondere Lady Bothwell zuvor betrachtet hatte, völlig verändert. Er war barfuß, abgesehen von einer Art Sandalen nach antiker Art; seine Beine waren unterhalb der Knie nackt; darüber trug er Strümpfe und ein Wams aus dunkelroter Seide, das eng am Körper anlag; und darüber ein wallendes, weites Gewand, etwas, das einem Chorhemd ähnelte, aus schneeweißem Leinen. Sein Hals und Nacken waren unbedeckt, und sein langes, glattes, schwarzes Haar war sorgfältig auf die volle Länge gekämmt.

Als die Damen auf sein Geheiß näher kamen, zeigte er keine Geste jener zeremoniellen Höflichkeit, mit der er sonst überhäuft worden war. Im Gegenteil, er gab das Zeichen zum Vorrücken mit befehlender Miene; und als die Schwestern Arm in Arm und mit unsicheren Schritten sich der Stelle näherten, wo er stand, presste er mit einem warnenden Stirnrunzeln den Finger auf die Lippen, als bekräftige er seine Bedingung des absoluten Schweigens, während er, vor ihnen herschreitend, den Weg in das nächste Zimmer anführte.

Dies war ein großer Raum, schwarz getäfelt, als ob er für eine Beerdigung gedacht wäre. Am oberen Ende stand ein Tisch oder vielmehr eine Art Altar, der mit derselben düsteren Farbe bedeckt war und auf dem verschiedene Gegenstände lagen, die den üblichen Zauberwerkzeugen ähnelten. Diese Gegenstände waren allerdings nicht sichtbar, als sie in den Raum traten; denn das Licht, das sie zeigte, war äußerst schwach, da es nur das von zwei erlöschenden Lampen war. Der Meister – um die italienische Bezeichnung für Personen dieser Art zu verwenden – näherte sich dem oberen Ende des Raumes, kniete wie ein Katholik vor dem Kruzifix nieder und bekreuzigte sich gleichzeitig. Die Damen folgten schweigend und Arm in Arm. Zwei oder drei niedrige, breite Stufen führten zu einer Plattform vor dem Altar oder etwas, das einem solchen ähnelte. Hier nahm der Weise Stellung und stellte die Damen neben sich, wobei er noch einmal eindringlich durch Zeichen seine Schweigegeboten wiederholte. Dann streckte der Italiener seinen nackten Arm unter seinem Leinengewand hervor und zeigte mit dem Zeigefinger auf fünf große Fackeln, die auf beiden Seiten des Altars aufgestellt waren. Sie fingen nacheinander Feuer, als sich seine Hand oder vielmehr sein Finger näherten, und verbreiteten ein starkes Licht im Raum. Daran konnten die Besucher erkennen, dass auf dem scheinbaren Altar zwei kreuzweise gelegte Schwerter lagen, ein großes offenes Buch, das sie für eine Abschrift der Heiligen Schrift hielten, allerdings in einer ihnen unbekannten Sprache; und neben diesem geheimnisvollen Buch lag ein menschlicher Schädel. Was die Schwestern jedoch am meisten beeindruckte, war ein sehr großer und breiter Spiegel, der den gesamten Raum hinter dem Altar einnahm und, von den brennenden Fackeln beleuchtet, die geheimnisvollen Gegenstände widerspiegelte, die darauf lagen.

Dann stellte sich der Herr zwischen die beiden Damen, deutete auf den Spiegel und nahm jede bei der Hand, ohne jedoch eine Silbe zu sagen. Sie blickten aufmerksam auf den polierten und grauen Raum, auf den er ihre Aufmerksamkeit gelenkt hatte. Plötzlich nahm die Oberfläche ein neues und einzigartiges Aussehen an. Es spiegelte nicht mehr einfach nur die vor ihm platzierten Objekte wider, sondern als ob es eine in sich geschlossene Szenerie wäre, begannen Objekte in ihm zu erscheinen, zunächst in einer ungeordneten, undeutlichen und vielfältigen Art und Weise, wie eine Form, die sich aus ihr heraus anordnete Chaos; ausführlich, in klarer und definierter Form und Symmetrie. So geschah es, dass sich nach einigem Wechsel von Licht und Dunkelheit auf der Oberfläche des wunderbaren Glases eine lange Perspektive aus Bögen und Säulen an seinen Seiten und ein gewölbtes Dach auf dem oberen Teil davon zu bilden begann, bis nach vielen Jahren Durch die Schwingungen erhielt die gesamte Vision ein festes und stationäres Aussehen und repräsentierte das Innere einer fremden Kirche. Die Säulen waren stattlich und mit Wappen behangen; die Bögen waren hoch und prächtig; Der Boden war mit Bestattungsinschriften beschriftet. Aber es gab keine separaten Schreine, keine Bilder, keinen Kelch oder Kruzifix auf dem Altar. Es war daher eine protestantische Kirche auf dem Kontinent. Ein Geistlicher im Genfer Talar und mit Band stand am Abendmahlstisch und schien mit der aufgeschlagenen Bibel vor ihm und seinem wartenden Schreiber im Hintergrund bereit zu sein, einen Gottesdienst in der Kirche zu verrichten, der er angehörte.

Schließlich betrat eine zahlreiche Gesellschaft den Mittelgang des Gebäudes, die offenbar eine Hochzeitsgesellschaft war, da eine Dame und ein Herr Hand in Hand vorangingen, gefolgt von einer großen Schar fröhlich, ja sogar reich gekleideter Personen beiderlei Geschlechts. Die Braut, deren Züge sie deutlich erkennen konnten, schien nicht älter als sechzehn Jahre und äußerst schön zu sein. Der Bräutigam bewegte sich für einige Sekunden eher mit der Schulter auf sie zu und wandte sein Gesicht ab; aber seine Eleganz in Gestalt und Schritt erfüllte die Schwestern sofort mit derselben Besorgnis. Als er plötzlich sein Gesicht abwandte, wurde es ihnen furchtbar bewusst, und sie sahen in dem fröhlichen Bräutigam vor ihnen Sir Philip Forester. Seine Frau stieß einen unvollständigen Ausruf aus, bei dessen Klang sich die ganze Szene erschütterte und sich aufzulösen schien.

„Ich könnte es mit nichts vergleichen", sagte Lady Bothwell, während sie die wundervolle Geschichte erzählte, „außer mit der Zerstreuung der Reflexion, die ein tiefer und ruhiger Teich bietet, wenn plötzlich ein Stein hineingeworfen wird und die Schatten sich auflösen und ..." gebrochen." Der Herr drückte den beiden Damen kräftig die Hände, als wollte er sie an ihr Versprechen und an die Gefahr erinnern, die sie eingingen. Der Ausruf erstarb auf Lady Foresters Zunge, ohne dass er zu einer vollkommenen

Aussprache gelangte, und die Szene im Glas nahm nach dem Schwanken einer Minute für das Auge wieder das frühere Aussehen einer wirklichen Szene an, die im Spiegel existierte, als ob sie darin dargestellt wäre ein Bild, mit der Ausnahme, dass die Figuren beweglich und nicht stationär waren.

Die Darstellung von Sir Philip Forester, die nun deutlich in Gestalt und Gesichtszügen zu erkennen war, führte das schöne Mädchen auf den Geistlichen zu, das sich schüchtern und zugleich mit einer Art liebevollen Stolzes näherte. In der Zwischenzeit, und gerade als der Geistliche die Hochzeitsgesellschaft vor sich aufgestellt hatte und im Begriff war, den Gottesdienst zu beginnen, betrat eine andere Gruppe von Personen, von denen zwei oder drei Beamte waren, die Kirche. Sie bewegten sich zunächst vorwärts, als kämen sie, um der Hochzeitszeremonie beizuwohnen; doch plötzlich löste sich einer der Beamten, der den Zuschauern den Rücken zuwandte, von seinen Gefährten und eilte hastig auf die Hochzeitsgesellschaft zu, als sich alle ihm zuwandten, als ob sie von einem Ausruf angezogen worden wären, der sein Herankommen begleitet hatte. Plötzlich zog der Eindringling sein Schwert; der Bräutigam zog sein eigenes und ging auf ihn zu; auch andere Personen, sowohl die Hochzeitsgesellschaft als auch die, die zuletzt hereingekommen waren, zogen Schwerter. Sie gerieten in eine Art Verwirrung; der Geistliche und einige ältere und ernstere Personen bemühten sich anscheinend, den Frieden zu wahren, während die hitzigeren Geister auf beiden Seiten ihre Waffen schwangen. Doch nun war die Zeit der kurzen Zeit gekommen, in der der Wahrsager, wie er vorgab, seine Kunst zur Schau stellen durfte. Die Dämpfe vermischten sich wieder und verschwanden allmählich aus dem Blickfeld; die Gewölbe und Säulen der Kirche rollten auseinander und verschwanden; und die Vorderseite des Spiegels reflektierte nichts außer den lodernden Fackeln und dem melancholischen Gerät, das auf dem Altar oder Tisch davor stand.

Der Arzt führte die Damen, die seiner Unterstützung sehr bedurften, in die Wohnung, aus der sie kamen, wo während seiner Abwesenheit Wein, Essenzen und andere Mittel zur Wiederherstellung der unterbrochenen Lebendigkeit bereitgestellt worden waren. Er wies sie zu Stühlen, die sie schweigend einnahmen – insbesondere Lady Forester, die ihre Hände rang und ihre Augen zum Himmel richtete, aber ohne ein Wort zu sagen, als ob der Zauber noch vor ihren Augen gewesen wäre.

„Und was wir gesehen haben, ist auch jetzt noch Schauspiel?" sagte Lady Bothwell und sammelte sich nur mit Mühe.

„Das", antwortete Baptista Damiotti , „kann ich weder mit Recht noch mit Sicherheit sagen." Aber entweder handelt es sich jetzt, oder es wurde bereits kurze Zeit zuvor gehandelt. Es ist die letzte bemerkenswerte Transaktion, an der der Cavalier Forester beteiligt war."

Lady Bothwell äußerte dann ihre Besorgnis über ihre Schwester, deren verändertes Gesicht und scheinbare Bewusstlosigkeit gegenüber dem, was um sie herum vorging, ihre Befürchtungen erregte, wie es möglich sein könnte, sie nach Hause zu bringen.

„Darauf habe ich mich vorbereitet“, antwortete der Adept. „Ich habe den Diener angewiesen, Ihre Equipage so nah an diesen Ort zu bringen, wie es die Enge der Straße zulässt. Fürchte dich nicht um deine Schwester, sondern gib ihr, wenn du nach Hause kommst, diesen kompositorischen Schluck, und morgen früh wird es ihr besser gehen. „Nur wenige“, fügte er in melancholischem Ton hinzu, „verlassen dieses Haus so gesund, wie sie es betreten haben.“ Da dies die Konsequenz der Suche nach Wissen auf mysteriöse Weise ist, überlasse ich es Ihnen, den Zustand derer zu beurteilen, die die Macht haben, solch unregelmäßige Neugier zu befriedigen. Lebe wohl, und vergiss den Trank nicht.“

„Ich werde ihr nichts geben, was von Ihnen kommt“, sagte Lady Bothwell. „Ich habe Ihre Kunst schon genug gesehen. Vielleicht würden Sie uns beide vergiften, um Ihre eigene Nekromantie zu verbergen. Aber wir sind Menschen, denen es weder an Mitteln mangelt, unsere Fehler bekannt zu machen, noch an der Hilfe von Freunden, sie wieder gutzumachen.“

„Ich habe Ihnen kein Unrecht zugefügt, Madam“, sagte der Adept. „Sie suchten jemanden, der für eine solche Ehre wenig dankbar ist. Er sucht niemanden und antwortet nur denen, die ihn einladen und anrufen. Schließlich haben Sie erst vor Kurzem das Übel erfahren, das Sie noch ertragen müssen. Ich höre die Schritte Ihres Dieners an der Tür und werde Ihre Ladyschaft und Lady Forester nicht länger aufhalten. Das nächste Paket vom Kontinent wird erklären, was Sie bereits teilweise gesehen haben. Lassen Sie es, wenn ich raten darf, nicht zu plötzlich in die Hände Ihrer Schwester gelangen.“

Mit diesen Worten wünschte er Lady Bothwell eine gute Nacht. Sie ging, vom Adepten angefeuert, in die Vorhalle, wo er hastig einen schwarzen Umhang über sein einzigartiges Kleid warf, die Tür öffnete und seine Besucher der Obhut des Dieners anvertraute. Es war für Lady Bothwell schwierig, ihre Schwester zur Kutsche zu tragen, obwohl diese nur zwanzig Schritte entfernt war. Als sie zu Hause ankamen, benötigte Lady Forester medizinische Hilfe. Der Arzt der Familie war anwesend und schüttelte den Kopf, als er ihren Puls fühlte.

„Hier war“, sagte er, „ein heftiger und plötzlicher Schock für die Nerven.“ Ich muss wissen, wie es passiert ist.“

Lady Bothwell gab zu, dass sie den Zauberer besucht hatten und dass Lady Forester schlechte Nachrichten über ihren Ehemann, Sir Philip, erhalten hatte.

„Dieser schurkische Quacksalber würde mein Vermögen machen, wenn er in Edinburgh bleiben würde", sagte der Absolvent; „Dies ist der siebte nervöse Fall, von dem ich gehört habe, dass er mich verursacht hat, und das alles durch die Wirkung von Schrecken." Als nächstes untersuchte er den Kompositionsentwurf, den Lady Bothwell unbewusst in die Hand gebracht hatte, probierte ihn und erklärte, dass er für die Sache sehr wichtig sei und einen Antrag beim Apotheker ersparen würde. Dann hielt er inne, blickte Lady Bothwell sehr bedeutungsvoll an und fügte schließlich hinzu: „Ich nehme an, dass ich Ihre Ladyschaft nichts zu den Vorgängen dieses italienischen Hexenmeisters fragen darf?"

„In der Tat, Herr Doktor", antwortete Lady Bothwell, „ich betrachte das, was als vertraulich galt; und obwohl der Mann ein Schurke sein mag, sollten wir, da wir dumm genug waren, ihn zu konsultieren, meiner Meinung nach ehrlich genug sein, seinen Rat zu befolgen."

„KANN ein Schurke sein! Kommen Sie", sagte der Arzt, „ich freue mich zu hören, dass Ihre Ladyschaft eine solche Möglichkeit bei allem zulässt, was aus Italien kommt."

„Was aus Italien kommt, kann genauso gut sein wie das, was aus Hannover kommt, Herr Doktor. Aber du und ich werden gute Freunde bleiben; und damit es so sei, werden wir nichts über Whig und Tory sagen."

„Ich nicht", sagte der Arzt, nahm sein Honorar entgegen und nahm seinen Hut; „Ein Carolus erfüllt meinen Zweck genauso gut wie ein Willielmus . Aber ich würde gerne wissen, warum die alte Lady Saint Ringan und alle anderen ihre verfallenen Lungen damit verschwenden, diesen fremden Kerl zu paffen."

„Ja, am besten halten Sie ihn für einen Jesuiten, wie Scrub sagt." Unter diesen Bedingungen trennten sie sich.

Die arme Patientin – deren Nerven durch einen außerordentlichen Anspannungszustand schließlich in ebenso außerordentlichem Maße entspannt worden waren – kämpfte weiterhin mit einer Art Schwachsinn, dem Aufkommen abergläubischer Angst, als die schockierende Nachricht aus Holland eintraf, die selbst ihre schlimmsten Befürchtungen erfüllte.

Sie wurden vom berühmten Earl of Stair geschickt und enthielten das traurige Ereignis eines Duells zwischen Sir Philip Forester und dem Halbbruder seiner Frau, Kapitän Falconer von der Scotch-Dutch, wie sie damals genannt wurden, an dem letzterer beteiligt gewesen war getötet. Der Grund für den

Streit machte den Vorfall noch schockierender. Es schien, dass Sir Philip die Armee plötzlich verlassen hatte, weil er nicht in der Lage war, eine sehr beträchtliche Summe zu bezahlen, die er an einen anderen Freiwilligen im Spiel verloren hatte. Er hatte seinen Namen geändert und seinen Wohnsitz in Rotterdam bezogen, wo er sich in die Gunst eines alten und reichen Bürgermeisters eingeschlichen hatte und durch seine hübsche Persönlichkeit und seine anmutigen Manieren die Zuneigung seines einzigen Kindes, eines sehr jungen Mannes, gewonnen hatte junger Mensch von großer Schönheit und Erbin von großem Reichtum. Der wohlhabende Kaufmann, dessen Vorstellung vom britischen Charakter zu hoch war, um zuzulassen, dass er irgendwelche Vorkehrungen getroffen hätte, um Beweise für seinen Zustand und seine Umstände zu erhalten, war erfreut über die scheinbare Anziehungskraft seines vorgeschlagenen Schwiegersohns und stimmte der Heirat zu. Es sollte gerade in der Hauptkirche der Stadt gefeiert werden, als es durch einen merkwürdigen Vorfall unterbrochen wurde.

Captain Falconer wurde nach Rotterdam abkommandiert, um einen Teil der Brigade schottischer Hilfstruppen herbeizuschaffen, die dort in Quartieren untergebracht waren. Eine angesehene Person der Stadt, die er früher kannte, schlug ihm zur Unterhaltung vor, in die Hochkirche zu gehen, um einen Landsmann von ihm zu besuchen, der die Tochter eines reichen Bürgermeisters heiratete. Captain Falconer ging also in Begleitung seines holländischen Bekannten, einer Gruppe seiner Freunde und zwei oder drei Offizieren der schottischen Brigade dorthin. Man kann sich sein Erstaunen vorstellen, als er sah, dass sein eigener Schwager, ein verheirateter Mann, im Begriff war, das unschuldige und schöne Geschöpf, an dem er einen niederträchtigen und unmännlichen Betrug begehen wollte, zum Altar zu führen . Er gab seine Schurkerei auf der Stelle preis, und die Hochzeit wurde natürlich unterbrochen. Doch entgegen der Meinung denkenderer Menschen, die der Meinung waren, Sir Philip Forester habe sich selbst aus dem Rang eines Ehrenmannes geworfen , ließ Captain Falconer ihn in das Ehrenrecht eintreten, nahm eine Herausforderung von ihm an und erlitt bei der Begegnung eine tödliche Wunde. So sind die Wege des Himmels, geheimnisvoll in unseren Augen. Lady Forester erholte sich nie von dem Schock dieser düsteren Nachricht.

„Und fand diese Tragödie", sagte ich, „genau zu der Zeit statt, als die Szene im Spiegel gezeigt wurde?"

„Es ist hart, wenn man seine Geschichte verfälschen muss", antwortete meine Tante, „aber um die Wahrheit zu sagen, es geschah einige Tage vor der Erscheinung."

„Und so blieb die Möglichkeit bestehen", sagte ich, „dass der Künstler durch eine geheime und schnelle Mitteilung frühzeitig von diesem Vorfall erfahren haben könnte."

„Die Ungläubigen haben so getan", antwortete meine Tante.

„Was ist aus dem Adepten geworden?", fragte ich.

„Kurz darauf erging ein Haftbefehl gegen ihn wegen Hochverrats als Agent des Chevalier St. George; und Lady Bothwell erinnerte sich an die Hinweise, die dem Arzt, einem glühenden Freund der protestantischen Thronfolge, entgangen waren, und erinnerte dann daran, dass dieser Mann hauptsächlich unter den alten Matronen ihrer eigenen politischen Überzeugung war. Es schien sicherlich wahrscheinlich, dass Informationen vom Kontinent, die leicht von einem aktiven und mächtigen Agenten hätten übermittelt werden können, ihn in die Lage versetzt hätten, eine solche Phantasmagorieszene vorzubereiten, wie sie selbst Zeugin geworden war. Dennoch gab es so viele Schwierigkeiten, eine natürliche Erklärung zu finden, dass sie bis zum Tag ihres Todes große Zweifel an diesem Thema hatte und sehr geneigt war, den gordischen Knoten zu zerschlagen, indem sie die Existenz übernatürlicher Kräfte zugab."

„Aber, meine liebe Tante", sagte ich, „was ist aus dem geschickten Mann geworden?"

„Oh, er war ein zu guter Wahrsager, um nicht vorhersehen zu können, dass sein eigenes Schicksal tragisch sein würde, wenn er auf die Ankunft des Mannes mit dem silbernen Windhund auf dem Ärmel wartete. Er machte, wie wir sagen, einen mondhellen Flug und war nirgends zu sehen oder zu hören. Es gab einige Gerüchte über im Haus gefundene Papiere oder Briefe; aber das verebbte, und Doktor Baptista Damiotti war bald ebenso wenig ein Thema wie Galen oder Hippokrates."

„Und Sir Philip Forester", sagte ich, „ist auch er für immer von der öffentlichen Bildfläche verschwunden?"

„Nein", antwortete mein freundlicher Informant. „Man hörte noch einmal von ihm, und zwar bei einer bemerkenswerten Gelegenheit. Es heißt, dass wir Schotten, als es noch eine solche Nation gab, neben unserer ganzen Palette an Tugenden auch ein oder zwei kleine Gerstenkörner des Lasters hatten. Insbesondere wird behauptet, dass wir erlittene Verletzungen selten vergeben und nie vergessen – dass wir unseren Groll zu einem Idol machen, wie die arme Lady Constance es mit ihrem Kummer tat, und dass wir, wie Burns sagt, darauf versessen sind, ‚unseren Zorn zu nähren, um ihn warm zu halten'. Lady Bothwell war nicht ohne dieses Gefühl; und ich glaube, nichts, abgesehen von der Wiederherstellung der Stewart-Linie, hätte ihren Gefühlen so viel Freude bereiten können wie eine Gelegenheit, sich an Sir

Philip Forester für die tiefe und doppelte Verletzung zu rächen, die sie einer Schwester und eines Bruders beraubt hatte. Aber man hörte oder erfuhr nichts von ihm, bis viele Jahre vergangen waren.

„Endlich – es war auf einer Versammlung von Fastern's E'en (Fasnacht), an der die gesamte Mode von Edinburgh voll und häufig teilnahm, und als Lady Bothwell unter den Gönnerinnen Platz nahm, war diese eine der Dienerinnen der Gesellschaft flüsterte ihr ins Ohr, dass ein Herr mit ihr privat sprechen wollte.

"'Im Vertrauen? und in einem Versammlungsraum ? – er muss verrückt sein. Sagen Sie ihm, er soll mich morgen früh besuchen.'

„'Das habe ich gesagt, Mylady', antwortete der Mann, ,aber er wollte, dass ich Ihnen dieses Papier gebe.'

„Sie öffnete das merkwürdig gefaltete und versiegelte Billett. Es trug nur die Worte ,IN EINER ANGELEGENHEIT VON LEBEN UND TOD', geschrieben in einer Handschrift, die sie noch nie zuvor gesehen hatte. Plötzlich kam ihr der Gedanke, dass es um die Sicherheit einiger ihrer politischen Freunde gehen könnte. Sie folgte daher dem Boten in ein kleines Zimmer, wo die Erfrischungen vorbereitet waren und aus dem die Gesellschaft ausgeschlossen war. Sie traf dort einen alten Mann, der sich bei ihrer Annäherung erhob und sich tief verbeugte. Sein Aussehen deutete auf eine gebrochene Konstitution hin, und seine Kleidung, obwohl sorgfältig der Etikette eines Ballsaals entsprechend gestaltet, war abgenutzt und fleckig und hing in Falten um seinen ausgezehrten Körper. Lady Bothwell wollte gerade nach ihrer Börse greifen, in der Erwartung, den Bittsteller auf Kosten von etwas Geld loszuwerden, aber die Angst vor einem Fehler hielt sie davon ab. Sie gab dem Mann daher Zeit, sich zu erklären.

„'Ich habe die Ehre , mit Lady Bothwell zu sprechen?'

„'Ich bin Lady Bothwell. Erlauben Sie mir zu sagen, dass dies nicht die Zeit und der Ort für lange Erklärungen ist. Was haben Sie mir zu befehlen?'

„'Eure Ladyschaft', sagte der alte Mann, ,hatten einmal eine Schwester.'

„'Stimmt, den ich wie meine eigene Seele liebte.'

„'Und ein Bruder.'

„Die Tapferste, die Freundlichste, die Liebenswürdigste!", sagte Lady Bothwell.

„'Diese beiden geliebten Verwandten haben Sie durch die Schuld eines unglücklichen Mannes verloren', fuhr der Fremde fort.

,,Durch das Verbrechen eines widernatürlichen, blutrünstigen Mörders‘, sagte die Dame.

,Die Antwort ist da‘, erwiderte der alte Mann und verbeugte sich, als wolle er sich zurückziehen.

,,Halt, Sir, ich befehle es Ihnen‘, sagte Lady Bothwell. ,Wer sind Sie, dass Sie an einem solchen Ort und zu einer solchen Zeit an diese schrecklichen Erinnerungen denken? Ich bestehe darauf, es zu wissen.‘

,,Ich bin einer, der Lady Bothwell nichts Böses tun will, sondern ihr im Gegenteil die Möglichkeit bietet, eine Tat christlicher Nächstenliebe zu vollbringen, über die die Welt staunen würde und die der Himmel belohnen würde. Aber ich finde, sie ist nicht in der Stimmung für ein solches Opfer, wie ich es zu verlangen bereit war.‘

,,Sprechen Sie laut, Sir. Was meinen Sie?‘, sagte Lady Bothwell.

,,Der Schurke, der Ihnen so großes Unrecht angetan hat“, erwiderte der Fremde, ,,liegt jetzt auf seinem Sterbebett. Seine Tage waren Tage des Elends, seine Nächte schlaflose Stunden der Qual – und doch kann er nicht ohne Ihre Vergebung sterben. Sein Leben war eine unermüdliche Buße – und doch wagt er es nicht, sich von seiner Last zu trennen, während Ihre Flüche seine Seele belasten.“

,,Sagen Sie ihm ‘, sagte Lady Bothwell streng, ,er solle das Wesen um Verzeihung bitten, das er so sehr beleidigt hat, und nicht einen irrenden Sterblichen wie ihn. Was könnte ihm meine Vergebung nützen?‘

,,Viel‘, antwortete der alte Mann. ,,Es wird der Ernst dessen sein, was er dann vielleicht von seinem Schöpfer, Herrin, und von Ihnen zu verlangen wagt.“ Denken Sie daran, Lady Bothwell, auch Sie haben ein Sterbebett, auf das Sie sich freuen können. Ihre Seele mag – alle Menschenseelen müssen – die Ehrfurcht verspüren, vor dem Richterstuhl zu stehen, mit den Wunden eines ungepflegten Gewissens, rau und wund – welcher Gedanke wäre es dann, der flüstern sollte: ,,Ich habe keine Gnade gegeben, wie?“ Soll ich es dann fragen?

,,Mann, wer immer du auch sein magst‘, erwiderte Lady Bothwell, ,dränge mich nicht so grausam. Es wäre nichts als blasphemische Heuchelei, mit meinen Lippen die Worte auszusprechen, gegen die jeder Schlag meines Herzens protestiert. Sie würden die Erde öffnen und den zerstörten Körper meiner Schwester, den blutigen Körper meines ermordeten Bruders ans Licht bringen. Ihm vergeben? – Niemals, niemals!‘

,,Großer Gott!‘, rief der alte Mann und hob die Hände, ,gehorchen die Würmer, die Du aus dem Staub gerufen hast, den Befehlen ihres Schöpfers? Leb wohl, stolze und unversöhnliche Frau. Frohlocke, dass Du zu einem Tod in Not und Schmerz die Qualen religiöser Verzweiflung hinzugefügt hast; aber verspotte den Himmel nie wieder, indem Du um die Vergebung bittest, die Du verweigert hast.'

„Er wandte sich von ihr ab.

‚Hör auf', rief sie aus. ‚Ich werde versuchen – ja, ich werde versuchen, ihm zu verzeihen.'

„'Gnädige Frau', sagte der alte Mann, 'Sie werden die überlastete Seele entlasten, die es nicht wagt, sich von ihrem sündigen Gefährten auf der Erde zu trennen, ohne mit Ihnen in Frieden zu sein.' Was weiß ich – Ihre Vergebung kann vielleicht den Abschaum eines elenden Lebens zur Buße bewahren.'

„'Ha!' sagte die Dame, als plötzlich ein Licht auf sie fiel, „es ist der Bösewicht selbst!" Und sie packte Sir Philip Forester – denn er war es und kein anderer – am Kragen und stieß einen Schrei aus: „Mord, Mord!" Ergreife den Mörder!'

„Auf einen so ungewöhnlichen Ausruf an einem solchen Ort drängte sich die Gesellschaft in das Zimmer; aber Sir Philip Forester war nicht mehr da. Er hatte sich gewaltsam aus Lady Bothwells Griff befreit und war aus dem Zimmer gerannt, das auf den Treppenabsatz hinausging. Es schien keinen Ausweg in dieser Richtung zu geben, denn mehrere Personen kamen die Stufen herauf und andere herunter. Aber der Unglückliche war verzweifelt. Er warf sich über die Balustrade und landete sicher in der Eingangshalle, obwohl er mindestens fünf Meter weit springen musste, dann rannte er auf die Straße und verlor sich in der Dunkelheit. Einige aus der Familie Bothwell nahmen die Verfolgung auf, und wenn sie den Flüchtigen gefunden hätten, hätten sie ihn vielleicht getötet; denn damals floss den Männern das Blut in den Adern. Aber die Polizei griff nicht ein, da sich die höchst verbrecherische Angelegenheit vor langer Zeit und in einem fremden Land ereignet hatte. Tatsächlich wurde immer angenommen, dass diese außergewöhnliche Szene auf einem heuchlerischen Experiment beruhte, mit dem Sir Philip herausfinden wollte, ob er sicher vor dem Groll einer Familie, die er so tief verletzt hatte, in sein Heimatland zurückkehren könnte. Da das Ergebnis so gegen seinen Wunsch ausfiel, geht man davon aus, dass er auf den Kontinent zurückkehrte und dort im Exil starb."

So endete die Geschichte vom GEHEIMNISVOLLEM SPIEGEL.